JUBILÉ

DE

SHAKESPEARE

23 AVRIL

1564-1864

TOAST AU BANQUET

DE PARIS

PAR

ÉMILE DESCHAMPS

JUBILÉ DE SHAKESPEARE

TOAST AU BANQUET

VERSAILLES. — IMPRIMERIE CERF, RUE DU PLESSIS, 59.

JUBILÉ

DE

SHAKESPEARE

23 AVRIL

1564-1864

—

TOAST AU BANQUET

DE PARIS

PAR

M. ÉMILE DESCHAMPS

PARIS

AMYOT, ÉDITEUR, 8, RUE DE LA PAIX

1864

JUBILÉ

DE

SHAKESPEARE

Entre tous les lutins, les esprits familiers,
Jadis, sous les manoirs, répandus par milliers,
Hôtes évanouis, qui, dans le moyen-âge,
Avec nos bons aïeux faisaient si bon ménage,
Il en est deux ou trois, plus près de nous couchés,
Que le grand jour encor n'a point effarouchés.
De ce tout petit nombre est la petite Reine,
Que les songes pourraient appeler leur marraine,
Parce qu'ils sont bercés et doués de sa main,
La Reine Mab, qu'un soir, trouva sur son chemin
Shakespeare, et dont il fit rayonner la couronne
Aux yeux demi-voilés des amants de Vérone :

Et qui court par les nuits, vive et fluette, ainsi
Qu'il la représenta dans les vers que voici :

« Avez-vous rencontré la Reine Mab ? — C'est Elle
Qui fait, dans le sommeil, veiller l'âme immortelle ;
Aussi mince, et moins longue, en toute sa hauteur,
Que l'agate qui brille au doigt d'un sénateur,
Elle s'en va, traînée au vol par deux atomes,
Autour des lits dormeurs balancer des fantômes.
Une écorce de noix forme son char léger,
Qu'a creusé l'écureuil ou l'insecte étranger,
Qui, depuis deux mille ans, travaille pour les fées ;
Un sylphe y colora des pavots en trophées ;
Sa triple roue ovale a, pour maigres rayons,
Les pattes du faucheux dont nous nous effrayons ;
Sur le magique char, l'aile d'une cigale
Étend l'abri mouvant de son ombre inégale ;
Les brides, les harnais frêles, inaperçus,
Sont les fils vaporeux que la Vierge a tissus.
Établi sur le siége, un moucheron nocturne,
Vêtu de gris, conduit la Reine taciturne.
A l'os d'un grillon noir pend son fouet qui, dans l'air,
Dessine, en se jouant, la fuite d'un éclair. —
Durant les nuits, la fée, en ce grêle équipage,
Galope follement dans le cerveau d'un page,
Qui rêve espiègles tours et propos amusants ;
De là, sur les genoux des hautains courtisans,
Elle marche, aussitôt ils font des révérences ;

Sur le front d'un vieux juge, il rêve remontrances,
Épices et gibets ; parmi les longs cheveux
D'une dame romaine, elle entend des aveux,
Des sonnets caressants, de molles sérénades.
La fée, en mille endroits, poursuit ses promenades ;
Tantôt elle s'accroche au nez d'un procureur,
Vite, il flaire un procès, délicieuse erreur !...
Tantôt elle se plaît, du bout de sa baguette,
A gratter le menton d'un gros abbé, qui guette,
D'un air humble et contrit, un bon canonicat.
Elle escalade encor la nuque d'un soldat,
Qui rêve d'ennemis qu'il pourfend, de cruzades,
De coutelas d'Espagne et de larges rasades ;
Le tambour retentit, il s'éveille, et d'abord
Jure, et prie en jurant toujours, puis se rendort.
C'est Elle, c'est aussi la fée aventurière,
Qui des chevaux, dans l'ombre, émiette la litière,
Et dont elle aplatit et tresse avec douleur
Les crins ensorcelés, présage de malheur !
C'est Elle enfin, dit-on, qui, dans un songe habille,
Coiffe de fleurs, ramène au bal la jeune fille,
Et lui fait entrevoir des mystères, qu'un jour,
A son cœur ignorant dévoilera l'amour...
Mais, le coq chante ; adieu la Reine Mab ! »

———

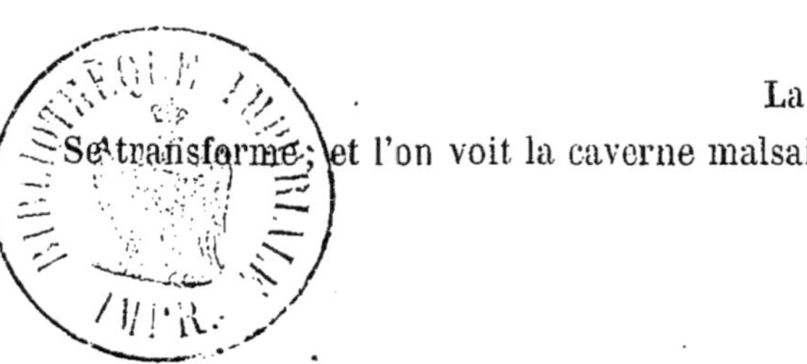

La scène
Se transforme ; et l'on voit la caverne malsaine,

Où, — Macbeth étant roi, — les trois Sœurs de l'Enfer
Font une œuvre sans nom dans leur chaudron de fer.
Le vent siffle, l'éclair pâlit, la foudre gronde,
Et les jaunes hiboux dansent leur triste ronde :

LA PREMIÈRE SORCIÈRE.

« Le chat-tigre, là-bas, a miaulé trois fois.

LA DEUXIÈME SORCIÈRE.

Trois fois le hérisson a fait glapir sa voix.

LA TROISIÈME SORCIÈRE.

Et le harpeur nous crie : Il est temps... à vous trois !

LA PREMIÈRE SORCIÈRE.

Marchons autour de la chaudière
Et jetons-y tous nos poisons. —
Crapaud, qui durant trois saisons,
Endormi sous la froide pierre,
T'es gonflé d'un venin mordant,
Bête immonde, va, la première,
Cuire au fond du bassin ardent.

TOUTES TROIS.

Redoublons de travail, que le feu tourbillonne,
Soufflons, et qu'à grand bruit la chaudière bouillonne !

LA DEUXIÈME SORCIÈRE.

Que le tronçon d'un serpent des marais
Avec le jus du serpent cuise et roule;
Ajoutons-y d'abord un œil de poule,
Le fiel d'un bouc, trois dents de louve après;
Puis le duvet de la souris volante;
Un dard d'aspic, une aile de hibou;
Un pied de porc, la cervelle d'un fou,
Et le polype, à moitié bête et plante.
Faisons bouillir le coulis infernal;
Formons un charme invincible et fatal.

TOUTES TROIS.

Redoublons de travail, que le feu tourbillonne;
Soufflons, et qu'à grand bruit la chaudière bouillonne!

LA TROISIÈME SORCIÈRE.

Les écailles d'un dragon vert,
Une langue de chien, une taupe endormie,
Un vieux œuf, des morceaux de sorcière en momie,
L'estomac d'un requin ouvert,
Une racine de ciguë,
Arrachée, à minuit, par une bise aiguë;
Une cuisse de grand lézard,
Onze branches d'un if, abattu sur la dune
Pendant une éclipse de lune,

Un goître tombé par hasard ;
Des lèvres de Tartare, un nez de Turc, un foie
De Juif blasphêmateur ; le doigt, tout noir de sang,
    D'un enfant de fille de joie,
Sur la borne écrasé par sa mère, en naissant.
Étendons par-dessus la peau d'une lamproie
Et les boyaux d'un tigre encor plein de sa proie,
Pour rendre le mélange et solide et puissant.

TOUTES TROIS.

Redoublons de travail, que le feu tourbillonne,
Soufflons, et qu'à grand bruit la chaudière bouillonne.

LA PREMIÈRE SORCIÈRE.

Paix ! voyez encor ce que j'ai ;
Versons dans la masse qui tremble
L'écume d'un dogue enragé,
Puis, refroidissons tout ensemble
Dans du sang de singe figé.

LA DEUXIÈME SORCIÈRE.

Comme une fécondante pluie,
Sur les charbons presque amortis,
Répandons le sang d'une truie,
    Qui dévora ses neuf petits.
    Et, dans la flamme rallumée,
En épelant tout bas le magique alphabet,

Jetons de la graisse, exprimée
Du corps d'un assassin séché sur un gibet.

TOUTES TROIS.

En rond, en rond, autour, autour, trois fois, de sorte
Que tout le mal y rentre et tout le bien en sorte...
        Esprits noirs, blancs, rouges et gris,
        Brouillez ces poisons et ces fanges ;
        Mêlez, mêlez, mêlez, Esprits,
        Qui savez faire les mélanges.

LA TROISIÈME SORCIÈRE.

A la démangeaison de mes doigts, près d'ici
Passe quelque profane.

                        (On frappe).

LA DEUXIÈME SORCIÈRE.

                Et qui donc frappe ainsi ?

LA PREMIÈRE SORCIÈRE.

Ouvrez, qui que ce soit.

MACBETH, entrant.

                Eh bien ! sorcières sombres ?... »

Chut !—Quels tendres rayons percent les noires ombres ?...

Sorcières et caverne, il n'en reste plus rien.
Des Sylphes, dans l'azur, le chœur aérien
Plane ; un *Songe-d'Été* nous porte près d'Athènes,
Sous un bois plein d'oiseaux, de fleurs et de fontaines.
Titania, la fée au sceptre de saphirs,
Contemple un beau berger que bercent les zéphyrs ;
Tandis, qu'en souriant, sa cour, un peu loin d'elle,
Fait, dans tous les sentiers, une garde fidèle.

TITANIA.

« Ne cherche pas, jeune homme, à sortir de ce bois,
De ma belle prison de mousses et de feuilles.
Tu resteras ici, mortel, que tu le veuilles
Ou non ; car mon oreille est ivre de ta voix,
Et mes yeux de ta forme, et je commande en Reine
A ce peuple d'Esprits qu'à ma suite je traîne.
Sur mon Empire un seul été règne toujours ;
Tu règnes sur mon cœur, toi, soleil de mes jours !
Viens ; je te donnerai pour compagnes, des fées,
Couvertes d'ambre et d'or, et de perles coiffées.
Elles t'iront chercher, dans l'abîme des eaux,
Mille joyaux sacrés, que n'ont point vus les hommes ;
Puis, elles chanteront, durant tes légers sommes
Sur un lit de lotus, d'herbes et de roseaux.
Et je saurai si bien, par ma toute puissance,
Epurer, en jouant, aux flammes d'un éclair,
Les éléments grossiers de ton humaine essence,
Que tu prendras le vol d'un jeune Esprit de l'air !...

— Holà, *Fleur-de Pois*, *Mite*, et *Graine-de-Moutarde*,
Et *Toile-d'Araignée*, allons! et qu'on ne tarde !

(Quatre fées se présentent.)

PREMIÈRE FÉE.

Me voilà toute prête.

DEUXIÈME FÉE.

Et moi de même.

TROISIÈME FÉE.

Et moi.

QUATRIÈME FÉE.

Et moi, Reine; où faut-il aller ?

TITANIA.

Voilà mon Roi,
Et le vôtre!... Soyez aimables et polies
Pour ce fils de la Terre, et faites-vous jolies.
Chantez autour de lui, dansez vos plus beaux pas.
D'abricots savoureux, de la grappe des treilles,
De mûres, au sang noir, et de pêches vermeilles,

Et de figues d'Athène embaumez ses repas.
Dérobez leur doux miel aux fécondes abeilles
Pour tempérer son vin de Crète et de Naxos ;
Et dévalisez-les de leurs cires, pareilles
Dans leur cuisse gonflée, à la moëlle des os,
Pour en faire un flambeau, nocturne météore,
Que vous allumerez à l'œil du ver-luisant,
Et qui caressera, d'un rayon complaisant,
L'enivrement rêveur du mortel que j'adore !
Aux insectes, de l'ombre et du silence amis,
Arrachez mollement leurs ailes bigarrées,
Pour amortir, avec des gazes colorées,
Les longs dards de Phœbé sur ses yeux endormis...
— Esprits, inclinez-vous, comme devant un Mage,
Et d'un culte divin prodiguez-lui l'hommage.

PREMIÈRE FÉE.

Salut, mortel, salut !

DEUXIÈME FÉE.

Salut !

TROISIÈME FÉE.

Salut !

QUATRIÈME FÉE

Salut !

TITANIA.

Maintenant, aux accords d'un invisible luth
Portez-le sous mon myrthe en berceau. — Prenez garde !
Bien. — La lune d'un œil humide nous regarde ;
Et, quand son chaste front laisse échapper des pleurs,
C'est qu'elle plaint, hélas ! la jeunesse des fleurs,
Si rapide sourire ! ou qu'elle se lamente
Sur quelque vierge en peine et qui devient amante...
Dors, mon enfant ; je vais t'enfermer dans mes bras.
— Allons, dispersez-vous, Sylphides, fuyez toutes ! —
Ainsi le chèvrefeuille, en amoureuses voûtes
Se courbe et s'entrelace... Oh ! va, tu m'aimeras !
Ainsi, dans ses anneaux la liane, avec force,
De son sauvage époux emprisonne l'écorce...
Oh ! j'ai soif d'un bonheur inconnu ! laisse-moi
Boire le pur nectar de ta lèvre chérie...
Je donnerais, vois-tu, pour un baiser de toi,
    Tout mon royaume de féerie !... »

Tel j'ai voulu, Shakespeare, — ah ! pardonne en faveur
De mon irrésistible et constante ferveur, —
Détacher trois rameaux de l'arbre fantastique,
Qui varie aux regards ta forêt dramatique ;

Et je viens, pour offrande à ce pieux banquet,
Avec tes propres fleurs te former un bouquet.
— Astre, dans tous les cieux ayant ton satellite,
Des tragiques États, ô Roi cosmopolite,
Ici, comme partout, sois donc glorifié !...
Mais notre orgueil Français n'est point sacrifié
Dans ce culte au divin Breton. Et certes Londre
Par un même *hourra* peut au nôtre répondre.
N'avons-nous pas Celui qui nous préside absent,
Dans son nimbe lointain poète éblouissant (1)?...
Puis, n'opposons-nous pas, pour le scénique empire,
Tartuffe à *Richard trois*, et Molière à Shakespeare?
— Les lettres, république, aux cent trônes debout.
C'est un seul cœur qui bat, un seul cerveau qui bout;
Peuples! de mille accords faites votre harmonie ;
Vous gagnez, tous, au libre échange du génie.

Et d'abord, les Grands Dieux!... Shakespeare, et c'est pourquoi
Dans nos toasts enflammés nous commençons par toi!

Emile DESCHAMPS.

Versailles, 20 avril 1864.

(1) Victor Hugo.

9 782019 977580